毛毛草文丛

U0781874

# 露　珠

毛 子 著

知识产权出版社

全国百佳图书出版单位

图书在版编目（CIP）数据

露珠 / 毛子著 . — 北京：知识产权出版社，2018.7
（毛毛草文丛）
ISBN 978-7-5130-5489-8

I. ①露… II. ①毛… III. ①诗集—中国—当代 IV. ① I227

中国版本图书馆 CIP 数据核字（2018）第 056566 号

责任编辑：赵　军　　　　　责任校对：潘凤越
封面设计：邓媛媛　　　　　责任印制：孙婷婷

露　珠
毛　子◎著

| | |
|---|---|
| 出版发行：知识产权出版社有限责任公司 | 网　　址：http://www.ipph.cn |
| 社　　址：北京市海淀区气象路 50 号院 | 邮　　编：100081 |
| 发行电话：010-82000860 转 8101/8102 | 发行传真：010-82000893/82005070 |
| 责编电话：010-82000860 转 8127 | 责编邮箱：zhaojun@cnipr.com |
| 印　　刷：北京虎彩文化传播有限公司 | 经　　销：各大网上书店、新华书店及相关专业书店 |
| 开　　本：880mm×1230mm　　1/32 | 印　　张：10.25 |
| 版　　次：2018 年 7 月第 1 版 | 印　　次：2018 年 7 月第 1 次印刷 |
| 字　　数：181 千字 | 定　　价：38.00 元 |

ISBN 978-7-5130-5489-8

# 目　录

第一篇
生活趣味

# 第二篇
## 深厚情谊

# 第三篇
# 鸟兽植物

# 第四篇
## 山水人文

# 第一篇

# 生活趣味

## 热爱生命

热爱生命
就会热爱人生
儿时的幻梦
中年的火红
老来的幽静

热爱生命
就会热爱感情
亲人的血浓
朋友的敬重
恋人的相拥

热爱生命
就会热爱生灵
优美的鸟鸣
悠缓的鱼动
天鹅的飞升

热爱生命

就会热爱风景

春天的花蜂

夏日的绿影

秋冬的枫松

## 爱和美

爱为爱
美为美
一生在爱
一生在美
爱所爱
美所美
一生所爱
一生所美

## 生活方式

人生的认识

态度的秉持

快乐的途径

生活的方式

选择了这样的你

就决定了那样的诗

# 花与书

花是那姑娘
书是这儿郎
美的爱情
事业的光芒

一辈子
在你的花中芳香
在你的书里徜徉
花的欣赏
书的盼望

# 咱　家

咱家
有鲜花
有老倭瓜

咱家
有鸡鸭
有老妈妈

咱家
有晚霞
有田园画

# 生　活

生活就是这样
昨天去扬帆远航
今日回折戟沙场

生活就是这样
一时间坠入海洋
一刹那升上天堂

生活就是这样
激扬过满怀理想
蹉跎过悲观失望

生活就是这样
一会儿愁云断肠
一会儿百花芬芳

生活就是这样
怀念着温馨过往
幸福着美好时光

# 童 年

童年
你是一个碗
一个吃饭碗
总要也装不满

童年
你是一个院
一个大杂院
一家只一房间

童年
你是一个圈
一个朋友圈
都是小小伙伴

童年
你是一个园
一个小乐园
游戏都很好玩

童年
你是一个山
一个花果山
猴子们能解馋

童年
你是一个潭
一个清水潭
洗澡就光屁蛋

童年
你是一个天
一个无忧天
快乐挂在上面

# 童　话

童话

心灵的雪花

梦幻的图画

一生飘洒

一片片的云霞

## 素 心

杨柳春深
残月清晨
酒醒时
谁递毛巾

一生劳神
几度浮沉
梦醒后
何事成真

甲子来临
惬意归隐
归去也
一片浮云

## 小小的

小小的　小小的
小小的花朵
小小的成果
小小的星星
小小的银河

小小的　小小的
小小的经过
小小的诉说
小小的感动
小小的快活

# 小　船

静静水面

悠悠小船

青青河两岸

淘淘水上观

轻声聊闲天

浪漫荡悠然

上了船

就随着转

一生短短一瞬间

风景多看看

# 多 多

小时候

好吃的不多

好衣服不多

可时间多多

自由多多

天真多多

伙伴多多

游戏多多

那不是最好的生活

却是最快乐的生活

童年有过的

现在正重新来过

时间多多

自由多多

天真多多

伙伴多多

游戏多多

快乐多多

这就是最好的生活
就是最幸福的生活

# 爱 美

爱美
本性的泉水
精神愉悦的追随

爱美
欣赏的花蕊
观察事物的细微

爱美
修养的品位
人格魅力的精髓

爱美
享受的滋味
找寻快乐的行为

爱美
情感的酒醉
生活情趣的体会

## 爱 花

爱花爱美丽

爱花爱自己

爱花爱生活

爱花爱雅趣

爱花爱到骨子里


爱花爱痴迷

爱花爱知己

爱花爱生命

爱花爱天地

爱花爱到灵魂里

## 开花就好

别说水少

别说土薄

只要有机巧

就能出娇娆

石缝风流且骄傲

开花就好

# 追求完美

追求完美

追求美的精髓

追求高尚的品位

追求的路上

美得陶醉

## 以书为伴

以书为伴

简单

安全

悠然

不尽的香甜

# 自 赏

自赏
心中的太阳
自己亮堂
世界光芒

自赏
心中的月亮
黑夜希望
美丽遐想

自赏
幸福的新娘
生活舒畅
生命闪光

## 我就是我

我就是我
有我的本色
有我的性格

我真是我
喜欢的太多
啥都不精卓

我还是我
老骥还执着
进取即快乐

## 雅　趣

焚香心飞天
幽香垂柳常为瞻
明月青烟总作伴

抚琴听仙禅
心静抚琴可入仙
悠扬悦耳能通禅

对弈岁月谈
闲来无事摆一盘
一步手谈走半天

读书良友见
读书快乐享清闲
修业进德品性变

书画寄情恋
有色山清宜远看
无声水响适近观

诗酒聚欢颜
杜康连句推小盏
西凤飞诗换大碗

品茶雅清欢
茶无富贵无卑贱
亦可精心可素简

赏花爱美媛
春江月夜花娇艳
夏水星晨美静娴

候月夜阑珊
夕阳西下喜灿烂
月明月暗悲缠绵

寻幽兰花涧
寻幽探胜山林畔
清静无为水草边

# 听 琴

绵绵悠久听古琴
缓缓天籁绕低沉
悦耳动听无烦扰
雅娴幽静有神韵

广陵散中雄雄魂
高山流水清清音
渔樵问答低低语
潇湘云水轻轻浸
平沙落雁拳拳心
阳春白雪洁洁人
梅花三弄柔柔情
阳关三叠切切真

一股恬恬回忆润
一丝淡淡伤悲隐
一片凄凄思念酸
一团苦苦纠结深

## 吟　诗

谁人爱作诗

沥血呕心事

一句吟安得

搔头三五日

乐此不疲达远志

终其一生到尽痴

# 书

小时候

常常孤独

爱读书

于是

一棵文学的小树

在心中长出


几十年

几乎光阴虚度

直到日暮

才能停车驻足

这棵树的蜜果和露珠

# 书　房

书郎爱书房

书房有书香

书香使心静

心静得神爽

神爽阅读更灵光

灵光闪烁瘨书郎

## 心　远

身在房中倦

心飞室外欢

林中赏松竹

亭里倚缱绻

万里河山大自然

千秋岁月光阴圈

## 静心的时候

静心的时候
寂寞闲愁
清幽享受

静心的时候
河水静流
月满西楼

静心的时候
思念朋友
几杯小酒

静心的时候
心飘地球
浩瀚宇宙

# 舒　畅

晨曦中徜徉

迎着那无限春光

露珠闪亮

鸟儿歌唱

小溪在流淌

# 悠　闲

绘画巧留白

摄影妙图外

生命蝶悠然

灵魂花自在

幽静方觉心爽快

安闲可享神清哉

# 惬　意

景中有躺椅

闭目日光浴

诗酒茶花全

琴棋书画俱

一个庭院一片地

一块白薯一红梨

## 新的一天

新的一天
又迎来新的一天

日出新容颜
绿树新叶鲜
鸟儿新唱词
花儿新笑脸

吃了新茶饭
遛了新路弯
读了新书语
写了新诗篇

新的一天
又迎来新的一天

## 亲爱的夜晚

夜幕降临时
霞光满天
美丽的夜晚

静安悠闲
清寂伊甸园
独潜禅念
冥思自留田

夜幕降临了
灯火阑珊
亲爱的夜晚

# 深　夜

深夜
静静思考
嫣然一笑

深夜
求索心交
神遇多少

## 饺子酒

破五来点酒
酒随饺子流
流到深心里
里面有朋友
友谊天长又地久
久别重逢千杯走

# 自　饮

窗外的雨声

伴着雷鸣

屋里的小酒

和着诗咏

人生

一次次在梦中

一回回又觉醒

莫名的感动

感动着莫名

# 品　茗

淡淡清醇

暖暖温馨

夜深人静

对品二人

达则造福国民

不遇独善其身

## 慢腾空

夜半深

人初静

仲夏暑热去放松

光膀子

小微风

闭眼悠悠半腾空

月光明

满天星

树影婆娑不闻声

年已翁

心年轻

老骥腾跃千里行

# 逍　遥

自在有时间
清净无冷寒
生活从容不缺钱
兴趣任赏玩

精神没负担
心灵飘空远
随心所欲不逾限
逍遥若神仙

## 醒来真好

夜美妙
梦未消
雄鸡唱声高
醒来真好

柳枝摇
鸟儿叫
花儿在微笑
醒来真好

去遛早
去奔跑
春天去拥抱
醒来真好

# 清　晨

暖暖阳光

迷迷花香

喜鹊蹦跳

松鼠凝望

草叶青青白鸽舞

树枝绿绿黄鹂唱

## 跑步和读书

跑步和读书
生活趣味足
精力充沛久
知识修养储
二者相伴一生行
两种快乐一路福

# 心 情

生活为了心情
心情源于环境
环境可以调整
调整自己也成

听听歌声
看看电影
朋友聊聊
跑步游泳

风儿身上轻
雨点脸庞冷
草绿沁馨香
花红摇倩影
常盈愉悦好心情
总在幸福快乐中

# 心　安

暑热熬煎

不如阴雨天

阴雨连绵

希望再晴暖

人生

不能总如愿

顺其自然

就会有心安

## 静　安

窗前
一片蓝天
绿树一片片

手间
一扇蕉圆
微风一扇扇

心田
一帘水幔
静安一帘帘

# 独　处

一棵老树

自在知足

无为清静

观景看书

喜欢隐僻处

迷恋幽孤独

# 幽 处

幽居郊野有小屋
闲坐僻静无人处

近观衰草晨露出
远望红霞夕阳入

月夜清冷生凄楚
秋风萧瑟觉孤独

## 静　坐

静静地
坐在风景里
静静地远远望去
静静地小憩

## 呆　着

有时

幸福很容易

无声无息

无忧无虑

孤寂

静静地

待在那里

## 清　幽

森林溪流
岸边山丘
任脚步和思绪
自由地游走
在清幽处清幽

# 困　了

三伏天的热
池塘里静静的荷
小燕子的忙活
知了一个调的歌
阴凉处靠着
我困了

# 湖　边

白白的云朵

蓝蓝的天

静静的水面

青青的山

鱼儿快乐

鸥鸟尽欢

在湖边

坐成了神仙

## 椰树下面

大海边

白云蓝天

椰树下面

静静地观看

轻轻地聊聊天

毛毛草丛书·露珠

五六

# 听　雨

静静地听
窗外的雨声
远方的雷鸣

静静地听
悲凉的箫声
凄苦的共鸣

## 感　雨

听雨

别样的心绪

看雨

脸上的泪滴

闻雨

清香的回忆

淋雨

特别的情趣

舔雨

甜进了心里

## 细雨中

水雾蒙蒙

星月无明

习习微风

丝丝凉冷

慢跑细雨中

那柔情

那感动

谁人能懂

自己也说不清

## 踏　青

清明去踏青
晨露朝阳升
迎春衬绿柳
月季映丹红
欣然山野摇花丛
沉醉田园晃月影

# 抒　情

投入自然

觉得震撼

不妨大声高喊

让热情豪爽浪漫

让生命光辉灿烂

有感动

不妨喊出大声

拥抱风景

飞向天空

放开地抒情

直白地抒情

别太含蓄了生命


如果喜欢

就可以

投入自然

觉得震撼

不妨大声高喊

让热情豪爽浪漫

让生命辉煌灿烂

如果喜欢
就可以
拥抱百花园
拥抱牡丹
拥抱金盏
拥抱月季
拥抱水仙

如果喜欢
就可以
拥抱宇宙间
拥抱今天
拥抱明天
拥抱未来
拥抱永远

## 心儿年轻

温暖伴微风

柳绿衬花红

思绪任飘动

愉悦随春梦

岁月老重

心儿年轻

黄鹂白鹭飞心中

# 一日游

快乐一日游

轻松一起走

赏景一块玩

笑谈一同逗

绿水青山山永在

青山绿水水长流

## 糊　涂

沧海桑田

人间冷暖

只要糊涂

就得泰坦

随和潇洒悠然

清静安闲简慢

# 清　福

曲径通幽处

翠绿掩松竹

孤独桌上茶

雅静手中书

人生难得享清福

消遣贵在有工夫

## 调　剂

一根酸黄瓜

喝酒就着它

一碗甜面酱

大葱烙饼夹

一盘苦菜花

清爽把火下

一把辣椒炸

涮肉料中撒

口味时常有变化

生活往往不疲乏

# 健康的责任

健康
对自身
是一种责任
让生命更加安顺

健康
对爱人
是一种责任
让爱情更加平稳

健康
对家人
是一种责任
让亲情更加放心

健康
对友人
是一种责任
让友情更加温馨

# 村　子

村头有大树

村后有小路

村北有高山

村南有低湖

村里人家有淳朴

村外田间有谷物

这里住一住

方知啥是福

## 紫藤树下

紫色的紫藤

蓝天的蓝情

绿叶的绿静

夕阳彩虹

轻轻轻轻地入梦

一梦一生

## 家中的自然

四季花常开

家中美总在

自然触手摸

香味闻自来

蜜意甜情绕屋内

低吟高唱飞天外

# 自　我

生活方式的选择

都是为了快活

一方甜甜的天地

一个悄悄的角落

呆呆的坐着

傻傻的笑着

什么都忘了

自我的忘我

忘我的自我

# 心 态

香甜吃青菜

健康活精彩

尽兴玩情趣

知足乐痴迷

不累闲言和碎语

只愉清静与欢快


世事多如海

自己漂浮来

随浪高低荡

平静自由在

花朵只为悠闲开

感觉快乐凭心态

# 状 态

吃得香

睡得棒

精神倍爽

活力杠杠旺


有思想

多原创

思维超常

灵感时冒闯


事多忙

无慌张

热情高扬

时有新花样

## 知　足

贫瘠的土

稀疏的雨露

一棵小小的树

花开出

果成熟

精彩一度

知足

## 心中风景

心中有蓝天

白云飘眼前

心中有大海

脚下走沙滩

心中风景千千万

幸福无限

# 心中有荷

心中有荷

就不热

荷在静中坐

心中有荷

就不渴

荷在水中濯

心中有荷

就不饿

荷结莲子多

心中有荷

就快乐

荷有美生活

# 心　佛

不阅古今帛

人生少快乐

读懂苏东坡

方知啥是佛

正义为国无落魄

欢愉潇洒有快活

## 恬　淡

恬淡一朵花
一朵白莲花
圣洁无瑕
恬静淡雅

恬淡一幅画
一幅山水画
烟雨无华
黑白素挂

恬淡一片霞
一片夕阳霞
微光薄纱
悠悠飘挂

恬淡一杯茶
一杯清绿茶
暗香流洒
绵绵品呷
浅尝呷摸

## 红的感动

无论什么年龄

无论什么心境

只要看见那样的红

就会莫名感动

感动新生活

感动老生命

希望又一次升腾

毛毛草丛书·露珠

## 年轻的神

你年轻
你有年龄本
充满活力
正当青春

你年轻
你有快乐心
七老八十
浪漫童真

你年轻
你有精气神
朝气蓬勃
矍铄自信

# 神仙日子

一茶一清淡
一酒一陶然
一书一快意
一画一悠闲

一生一世一何求
一静一幽一梦幻

## 消磨时光

在草原上
闻花香
看白云牛羊
篝火旁
喝美酒跳波浪
尽情地歌唱
住毡房
醉着月亮
侃着那姑娘
消磨时光

# 顽 童

不再年轻
却还是顽童
还在逞能
还在卖萌

不再灵动
却还要跳蹦
还要攀登
还要飞升

年不年轻
不全在年龄
心不老迈
就要顽童

## 何　妨

绚丽美春光

孤芳静自赏

莲藕已出头

依然花里香

只要身心保健康

玩耍八十又何妨

# 歇　歇

绿色的温馨
歇歇眼
歇歇心

绿色的沉浸
歇歇脑
歇歇神

## 心　愿

何时
去一处圣地
和三两知己一起
沉醉自然美丽
享受甜蜜
多待上几个星期
甚至一辈子

# 发　现

人生漫漫

长路弯弯

美丽的景观

就在路边

只要留心发现

# 记　录

生活常外出

感动时记录

一张好照片

几载心知足

风光美丽留存储

岁月东流忆幸福

## 那条路

人的一生
会走不同的路
只有一条路
才是真正的爱途

不知什么时候
看见一条路
美丽模糊
缥缈虚无
灯火阑珊处
由于时代的错误
也有自己的踟蹰
没能把那条路
当作自己的出路
而只是偶尔涉足
小小感触
有一天

夕阳将入
终于来到了这条路
那条当初
最爱的小路
忙忙碌碌
辛辛苦苦
一山一水
一点儿进步
都是欢快舒服

现在那条路
情有专属
阳光雨露
鲜花绿竹
沿着那条路
走向光明的归处

# 文学路

常常孤独

谁人伴我文学路

深夜写读

独自快乐独酸楚

何必言孤

爱人欣赏就知足

美景沿途

山山水水花草姝

何感凄苦

古今中外友无数

红颜暖骨

书中自有玉温处

## 绿色小屋

富贵竹

橡皮树

一帆风顺

仙人指路

桃花依旧笑春风

绿萝阑珊处

## 慢慢变老

慢慢变老

饭量渐小

步履蹒跚

规律谁能逃


慢慢变老

心气愈高

快活潇洒

灵魂任逍遥

# 等我们老了

等我们老了
到僻静小镇去住
养点花草鹅兔
看点画报闲书
无忧无虑潇洒
有情有趣风烛

等我们老了
到僻静小镇去住
清晨沐浴日出
傍晚温泉濯足
白天亭榭小憩
黑夜月光散步

等我们老了
到僻静小镇去住
春花百鸟翠竹
夏绿杏桃满树
秋风红果遍山
冬雪一炉白薯

## 有天有地

一个小院子
一方大天地
院子自然中
自然院子里
有花有树有金鱼
无燥无烦无恐惧

# 静　好

钱不多不少
房不大不小
茶不凉不烫
酒不低不高
幽静清闲少苦焦
生活舒适多欢笑

山水常观瞧
身边伴花草
歌唱之中乐
写书里面笑
喜欢朋友可见到
愿做事情能做好

赏百花美娇
守时光静好
享生活安闲
得健康寿高
简单快乐无烦恼
纯净心灵有逍遥

毛毛草丛书·露珠

# 农村游

农家的山
云白天蓝
水绿花儿红
些许梯田

农家的院
秀美的园
小猫和小狗
月季水仙

农家的饭
绿色天然
河虾跟野菜
玉米香甜

农家的玩
自在悠闲
返璞而归真
灿烂欢颜

# 去找塔莎奶奶

塔莎奶奶
我去找您吧
在您美丽的园子里
和您一起拔草
和您一起摘桃
和您一起浇水
和您一起喂鸟

塔莎奶奶
我去找您吧
在您美丽的园子里
和您一起看花

和您一起喝茶
和您一起聊天
和您一起画画

塔莎奶奶
我去找您吧
在您美丽的园子里
和您一起阅读
和您一起写书
和您一起唱歌
和您一起散步

# 夜 空

朦朦胧胧
那么宁静
浩瀚的苍穹
银河泪盈

春天的时候
喜欢独自发愣
看迷了月宫
数乱了星星
那时啥都不懂
怀着
怀着崇敬
怀着恐惧
进入梦境

夏天的时候
喜欢白天风景
看红日东升
看晴天彩虹
那时仍是不懂
生死有命

事由天定
难得糊涂
水到渠成

秋冬的时候
喜欢瞭望夜空
淡淡月明
轻轻柳声
这时已经能懂
恒星不动
安守宁静
光阴似箭
人生如梦

朦朦胧胧
那么宁静
浩瀚的苍穹
银河泪盈

## 托　思

明月托相思

星空寄心语

魂游太空寻找你

鹊桥盼相遇

## 一帘幽梦

寻一处幽清

觅一方雅静

晒一轮暖日

逗一缕微风

看一道花岭

听一林鸟鸣

喝一杯清茶

做一帘幽梦

## 安　宁

做该做的事情

享可享的人生

不图功名

不为来生

良心得太平

灵魂有安宁

# 自　检

谈吐贵自谦

修养高自涵

学问有自知

行为须自敛

自信自嘲自勉

自强自律自圆

# 驻　足

一生一路

一路辛苦

辛苦奔波

奔波时而驻足

驻足观赏

观赏的愉悦

愉悦的幸福

## 活得自然

有吃有穿
有喜欢
天天忙碌不时闲
知足就圆满
活得自然
幸福就在每一天

## 愿做树枝

愿做一条树枝

在春光里

把蓓蕾拖起

为游人的兴致

化成一首诗

一直一直

## 快乐长寿

专注科研工作

业余文学唱歌

长寿

不只是为了活着

在长寿过程中

过着自己喜欢的生活

还有自己喜欢

和社会需要的成果

才是生命的质量

才是活着的快乐

# 天伦之乐

家庭之乐

亲情之乐

辈分之乐

繁衍之乐

人伦之乐天之乐

天伦之乐人之乐

# 除 夕

一年过去
一岁新起
啥时最感动
永远是除夕
心里千言和万语
爆竹声响与天叙

新衣咪咪
饺子嘻嘻
雪花飞满天
幸福撒遍地
千家相聚甜如蜜
万户团圆美似菊

# 过 年

一年又一年
悄悄过完
来时尽情狂欢
去后些许凄然

一年又一年
光阴似箭
冬天未送严寒
春日迎来温暖

一年又一年
雪不多见
河里少见鱼转
林中寡闻鸟谈

一年又一年
时光不变
桃花仍旧那年
人面已非曾见

# 时　光

时光如树
年轮有刻度
一圈一圈
气候冷暖留记录

时光似路
来往无从数
路边花草
一直相伴幽深处

时光是湖
波浪粼光逐
日月星辰
一片静水倒影出

时光即雾
糊里又糊涂
飘飘忽忽
风霜雨雪万千图

# 天　堂

天堂

有时候

也在地上

在一个一个

最美丽的地方

幸运能

去那里观光

置身于山花烂漫

和云海苍茫

于是

就忘记了过往

也不再想前方

只愿

在那里驻留

到地老天荒

## 蓦然回首

蓦然回首
甲子已出头
半生路上的游走
何处脚印留

去过那个水沟
来过这个山口
还曾到过一些岭后
美丽风景玩不够

遇到过不少朋友
要好常牵手
不慕就转首
知己一二何再求

事业有收
衣食无忧
清闲得自由
兴趣爱好多享受
回过头

往前瞅
晚霞染垂柳
一江秋水向西流

蓦然再回首
逝水悠悠
往事悠悠
情意悠悠

# 第二篇
# 深厚情谊

## 朋友是一杯酒

朋友是一杯酒
时常来一口
辛辣而绵柔
甘甜且醇厚

朋友是一杯酒
爱喝喝个够
一杯能忘忧
千杯可永留

# 真 爱

真爱如乳奶

清淳圣雪白

柔润又甘甜

情感离不开

滋滋泉涌

把心灵滋养灌溉

## 有情人

不太完美

却是心中英俊

不特漂亮

也是眼里美神

相识相知相吸引

相慕相恋相爱亲

高山流水

蓝天白云

比翼双飞鸟

连理两枝亲

情恋情　心连心

一对有情人

# 知 己

你的心意

你的脾气

你的喜好

你的希冀

他（她）都熟悉

全熟悉

一生若有这样一知己

足矣

全熟悉

都珍惜

## 择善而交

交友择真善
淳朴心实憨

交友择美善
欣赏心相连

交友择亲善
要好常会面

## 童年情趣

桃红山绮丽

绿柳河涟漪

绒花心摇曳

毛草手擎举

忆童年

那般情趣

# 发　小

发小最要好

要好尽欢闹

欢闹竹马跑

马跑青梅叫

梅叫无忌童言笑

言笑至今又发小

# 循　环

笑得多灿烂
可爱痴憨
时时闪烁新亮点
天天都有新发现

跟他一起玩
快乐无限
一同享美好春天
一起过浪漫童年

天伦之甘甜
光阴似箭
生命基因在续传
祖孙故事又循环

# 初　心

最初的心往

原本的希望

自然的形成

本能的取向

一生坚毅葆初心

一世执着圆梦想

# 相　遇

目光的相遇

心灵的电击

彼此的欣赏

绵绵的相思

一切都是天意

一起

走向天际

# 遇　见

心中祈盼

上帝拆散的那一半

再遇见

重续缘

或早或晚

在命中注定的那一天

## 泪　珠

深深的凄楚

淡淡的流出

心灵的感动

真情的泪珠

一滴滴

爱的凝固

# 温　柔

一低头
一抬手
深情的眼眸
一颦一蹙
恰似你的温柔

# 神 交

读你的文字
寻你的心迹
看你在默默耕耘
见你那快乐泪滴

萍水未相逢
却已成知己
无论天涯和海角
无论男女与年纪

都爱美文学
都爱好诗词
各自孤寂自沉迷
相互欣赏互激励

## 蝶恋花

花恋蝶

蝶恋花

海角天涯

花欲嫁

蝶桥搭

媒妁佳话

## 我们不变

为了生活泰安
为了社会温暖
我们不变

为了淳朴良善
为了宝贵情感
我们不变

为了内心圣贤
为了灵魂飘仙
我们不变

# 消　息

天在下雨
淅淅沥沥

没有你的消息
很想问问你
写进了心里
但终于没有发出去
没有消息
一定有你的道理
因为你明戏
我在等你
等你的消息

天在下雨
淅淅沥沥

## 云和心

人生就像一片天

知己就是一朵云

云遇到了云

心遇到了心

有的云走远

没有留下心

有的云走近

成为有情人

人生就像一片天

知己就是一朵云

# 聊　伴

聊天的伙伴　　　　她笑得灿烂
心灵的聊天　　　　你装得伟岸
你可以抡圆了吹
你可以悠然地侃　　聊了一白天
　　　　　　　　　再聊一夜晚
她不嫌你烦　　　　新话题有老传
她爱听你谝　　　　老话题有新鲜
她是你的花仙　　　无话不能谈
你是她的心欢　　　知心最温暖
她陶然享受趣谈　　人间多少乐
你突然获得灵感　　都在…聊天

## 翻　倍

欣赏景色美

心里多陶醉

若有好伴游相陪

快乐翻几倍

# 尊　重

尊重为素养
天生善良
后天礼尚

尊重不可装
真心透亮
虚假穿帮

尊重天平量
平等舒畅
温暖阳光

# 大　气

大气是高度
鸿鹄之志九天处

大气是深度
世事洞明底蕴储

大气是广度
洋海磅礴任船渡

大气是慧度
判别应对都自如

大气是超度
历练参悟方可出

大气是福度
良善平安心富足

# 北京爷

大气洒脱

自信幽默

若是侃大山

那真没的说

吃了吗

您

得活

天儿太热

咱家里闷着

# 有趣的人

有趣的人
心地纯净
有个大心胸
重义重情

有趣的人
聪明绝顶
事物多门清
语言精通

有趣的人
谈笑风生
快乐气氛浓
幽默从容

## 浓情蜜意

红草毛细细

友情甜蜜蜜

分别多年又相聚

旧事再回忆


秋霜何凄凄

红叶恋依依

美酒干杯逢知己

凉夜暖长叙

# 诗人友谊

诗人贵友谊

美酒飘豪气

人世难相逢

惺惺几知己

策马西风一路去

回来日下两追忆

## 酒　友

有的时候
喝酒不为酒
快乐只看朋友

侃山叙旧
他说已经高了
你说绝对不够

妙语连珠
妙趣横流
如果你是头
拉着美女的手
找个借口
编个理由
罚个莫名是否
就是不松手
快瞅快瞅
蓄谋已久
谁来解救

有勇更有谋

快到最后
有人轻颔首
噢
没酒了吧
这杯我一口收
各位的可以藏留
高潮再次交错觥筹

酒友可遇不可求
三五不时凑
啥最顺口
还是那红星二锅头

## 曾经的以往

小溪还在流淌
曾经以往
都在心上
那时的阳光
浸着蜜糖

小溪还在流淌
流向远方
带着怀想
曾经的以往
都在心上

# 初　心

质朴为本

善良作魂

爱恋深

情感真

一双明透心

两个有情人

# 惠 女

聪明还美丽

幽默也顽皮

做人有品位

办事无儿戏

君若福分娶到你

温柔贤惠谁能比

## 永远的鲜花

这束鲜花

真心表达

你要远行了

请收下

一生牵挂

海角天涯

## 与 你

想你
是孤独的棉絮
逗你
是苦闷的乐趣
爱你
是幸福的水渠

# 爱与力

爱是欣赏力
相爱都欢喜
蝴蝶花朵在一起

爱是吸引力
相爱不由己
地球太阳有附依

爱是生命力
相爱互激励
相濡以沫同呼吸

## 动与静

鸟无声

舟有横

幻境的迷蒙

迷蒙的幻境

静中动

动中静

摄影的丹青

丹青的摄影

# 等 候

河边翘首

滚滚泪流

一江春水几多愁

小船悠悠

痴痴地等候


雾霭新走

梦幻依旧

衣带渐宽黄花瘦

空谷幽幽

默默地等候

# 遇 见

记得那天
阳光温暖
芭蕉红艳艳

你在那边
悄声交谈
清纯雅静娴

只瞧一眼
心动怦然
似曾有魂牵

月老拉纤
天赐良缘
传奇来遇见

## 对不起

在不对的时候

遇到对的你

默默无语

默默离去

为了那对得起

婚姻说

爱恋只能有一次

爱情说

我真的没有真谛

# 窗　帘

窗里面
有一双眼
默默地期盼
怎么还不出现

窗不远
有一人站
久久的观看
怎么还不露脸

窗两边
望眼欲穿
心灵的窗帘
怎么还不拉掀

## 窗里窗外

你窗里
我窗外
窗户开与不开
心灵同在

我窗里
你窗外
窗户开与不开
心扉常开

# 有时候

有时候
我在这里
你在那里
心和你在一起

有时候
你在那里
我在这里
心和我在一起

有时候
你在哪里
我在哪里
心和心在一起

## 羞答答

自然有百花

朵朵吐芳华

娇娆腼腆羞答答

纯真美无瑕


低眉红脸颊

恬静弄指甲

温柔含蓄羞答答

点头不说话

## 假如没有你

假如没有你
春草怎么会变绿
鲜花怎么会美丽

假如没有你
大海怎么不迷离
高山怎么不失意

假如没有你
雄鹰怎么有动力
大雁怎么有乐趣

假如没有你
光阴怎么留轨迹
生命怎么留意义

## 当我懂了

当我懂了爱情
已经错过了美景
只留下悲情

当我懂了人生
已经走过了半程
只留下悔痛

当我懂了生命
已经耽误了飞行
只留下残梦

# 诉 说

有的时候
你很想诉说
有人愿意倾听
那是种极大享乐

她享受地听着
温情脉脉
时而眉头紧锁
时而微微而乐
时而忧心忡忡
时而点头赞可

你陶醉地说着
悠然自得
时而轻松快乐
时而充满困惑
时而信马由缰
时而沉默思索
有的时候
你很想诉说
有人愿意倾听
那是种极大享乐

## 因为他

因为他
小草总青芽
四季都鲜花
因为他
小溪越秀华
大海更广大
因为他
生活风景画
生命阳光洒

# 等　你

这一生　　　　　　　　　　这样盼着

爱很多事情　　　　　　　　这样等着

但这一件　　　　　　　　　花儿又开我还在花丛

最让我心动　　　　　　　　中秋又来我还在月影

　　　　　　　　　　　　　枫叶又红我还在树边

这就是盼　　　　　　　　　寒冬又到我还在雪中

这就是等　　　　　　　　　等啊等

等花儿开了我在花丛　　　　等很多事情

等中秋来了我在月影　　　　你真来了

等枫叶红了我在树边　　　　但愿还能动

等寒冬到了我在雪中

# 相依相偎

双连果　并蒂花
相依相偎一个家

情侣对　夫妻俩
风雨同在美春夏

好朋友　心牵挂
患难与共在天涯

情深深　么么哒
一生一世一幅画

## 牵 挂

自从遇到了你
于是就开始在乎你
胜过在乎我自己
总是常常牵挂你

今天有雨
别忘了带雨具
明天会冷
别忘了添厚衣
干燥天气
喝水滋润自己
爱护身体
保持你的美丽

牵挂你
总想得到你的消息
不知是不是在意
可我依然牵挂你

# 今　昔

那年夏
那年花
那年花间茶

今日秋
今日柳
今日柳下酒

# 心有灵犀

对视的眼睛
内心的表情
相互理解
共有的悟性

特别的触动
灵魂的连通
一切一切
尽在不言中

# 对　视

你看我

我看你

我们互对视

你呼气

我吸气

我们共呼吸

你无言

我无语

我们静相依

你的美

我的诗

我们赏相惜

## 相　思

把谁想

将谁望

给谁看

为谁香

低眉一惆怅

抬头泪两行

## 想　念

绵绵古琴痛

瑟瑟竹箫疼

惨惨月光寒

凄凄白雪冷

悲悲切切眼蒙蒙

傻傻呆呆心影影

## 思念的滋味

你思念谁
一定有滋味
谁思念你
一定没有睡

思念很陶醉
也很疲惫
喝着蜜水
却流着眼泪
像苦涩的咖啡
似难受的酒醉

细细体会
思念的滋味
思绪飘飞
绽放新花蕾

# 纯　莲

莲花美

莲花善

莲花纯真

莲花温婉

莲花的圣洁

净化人间

纯莲

母亲的名字

思念和祭奠

# 寻 觅

远去

浪迹

海角天涯在哪里

相思

寻觅

万水千山总是你

# 你在哪里

你在哪里
哪里有美丽
哪里有神奇
哪里有感动
哪里有惊喜

你在哪里
哪里去找你
哪里去沉迷
哪里去陶醉
哪里去隐居

# 古代打工女族

江水南边烟柳树

望不见

自家庐


思乡只有梦去路

才不怕

水隔阻


灯前泪洒无计数

谁人能

与传书


央求鸿雁来托付

恐难及

秋已暮

## 去等你

请你选一处风景
我去那里等

你去的成
我要去等
你去不成
我也去等

为你喜欢的风景
等你到永恒

## 空椅子

空着的椅子
树木沙滩草地
风景旖旎
静寂
和谁曾经
在那里

## 飘　来

你从山上飘来
像一朵红色玫瑰
飘入我的心宅

你从水中漂来
像一位美人鱼怪
漂进我的心海

你从天边飘来
像一片洁白云彩
飘到我的心寨

你从寰宇飘来
像一条仙女绸带
飘回我的心怀

## 假　如

假如不曾遇见你
我不了解本真自己

假如不曾遇见你
我不懂得爱情甜蜜

假如不曾遇见你
我不觉得生活乐趣

假如不曾遇见你
我不知道生命意义

# 志趣相投

喜欢遛弯
才会一起走
喜欢花香
才会一起嗅
喜欢唱歌
才会一起吼
喜欢风景
才会一起游

共同娱乐
才能玩不够
相同欣赏
才能爱不休
志趣相投
生活美享受
相濡以沫
快乐长相守

## 心灵共鸣

爱情有很多种
有一见钟情
有感恩奉送
也有日久情生

然而只有一种
才是最感动
才能最隽永
这是心灵共鸣

想什么都能懂
融合的心灵
得意的默契
梦什么都能通
神奇的感应
爱什么都相同
完美的爱情

## 雨蒙蒙

风轻轻

雨蒙蒙

窗外更深雾重

月含悲情

花隐泪中

相思谁

一帘幽梦

## 因为有你

因为有你

就有了希冀

有了勇气

有了活力

有了浪漫情趣

有了美妙神奇


因为有你

有了我自己

一个不一样的自己

## 百花深处

曲径通幽

翠竹桃树

谁个寻他多少度

蓦然回首

那人却在

百花最深处

# 等我们老去

等我们老去
我就陪着你
到高山去
去看百花还绚丽

等我们老去
我就陪着你
到大海去
去看波涛再涌起

等我们老去
我就陪着你
到桃源去
去尝果子更旖旎

# 相　守

平时左右
对视情眸
彼此牵手
互相抚慰
贴心温柔
总享受

# 日和月

晚霞暖落日

晓露冷晨月

虹云山上松

雾霭江中雪

双双相对自然界

两两同心爱情谐

## 情未央

有过多少梦想

有过多少迷茫

有过多少失望

有过多少悲伤

有过多少世事沧桑

在年华老去的路上

初心不忘

情未央

# 第三篇
# 鸟兽植物

## 空谷幽兰

空谷幽兰
悠悠摇溪畔
亭亭摆柔曼
仙女下凡

空谷幽兰
暗香蜂蝶转
美玉何争艳
雅洁清欢

# 君子兰

君子兰

君子观

君子也浪漫

君子甜

君子暖

君子心可鉴

## 二乔玉兰

千年古寺中
楚楚玉兰红
僧人也爱花
圣洁心崇敬
周郎妒忌孔明生
谁不羡瑜二乔拥

# 夏　莲

夏莲来夏天

夏莲有夏恋

夏莲最温柔

夏莲爱火炎

夏莲

夏的完全

夏的永远

# 睡 莲

柔柔月光洒

静静鱼无哗

睡莲轻轻水上趴

姿态美如画

淑慧而芳华

秀清又文雅

随风摇摆婀娜胯

羞羞红脸颊

# 白　莲

洁白无瑕

娇媚仙葩

今生有造化

竟然遇到她

在年轻的盛夏

在最美的年华

心中画

梦里花

## 雪　莲

生长在海边
从未见过面
清秀雅丽美娇妍
见恨晚

生长在高山
坚强不畏寒
朴素高洁且浪漫
真喜欢

## 蟹爪莲

冬天蟹爪莲

开放尤其艳

爱情暖自开

何必待春天

一朵莲花一火焰

哪有寂寞哪有寒

## 并蒂莲

楚楚那双莲
并蒂相依恋
守望相助水不寒
情流藕里面

毛毛草丛书·露珠

一九八

## 荷　塘

九月荷塘
泛着那秋光
风撩荷叶
嗖嗖凉

柳树夕阳
映着那波光
彩云飘飞
没声响

小鸟飞来
落在叶子上
叶枝快乐
摇身晃

小鸟高兴
跳上青莲房
莲蓬喜欢
头高昂

天色朦胧
不见了月亮
风吹荷叶
清清香

雨打下来
荷叶噗噗响
雾气缭绕
凝早霜

悄悄离开
多次的回望
轻轻怀想
那荷塘

# 残荷说

短暂一生
岁月蹉跎
春天新叶
夏季美花朵

莲蓬子多
新藕肥硕
枯叶婆娑
风雨任蹉跎

冬天来了
天气萧瑟
依然执着
美丽新传说

# 蜀　葵

苗条微微

花朵累累

盛开百姓院周围

艳丽芳菲

娇娆妩媚

窈窕村姑君逮谁

# 水　仙

清雅的容颜
英俊少年的爱恋
顾影自怜
多情的水仙

## 茉莉花

娇小白蝶
似雪纯洁
轻轻地香飘
爱的传接

如今情切
旧日心结
动人的故事
新的续写

## 夜来香

夜来香
香懵了月亮
香晕了星光

夜来香
香迷了书房
香醉了君郎

## 洛阳牡丹

洛阳牡丹

更娇媚

更华贵

更风流

更韵味

落落大方

柔情似水

## 菏泽牡丹

菏泽牡丹

更民间

更亲善

更淳朴

更自然

纯真娇羞

柔静腼腆

# 向日葵

花儿都笑脸
你笑最灿烂
总是追着太阳转
心中有爱恋

花儿都美颜
你美最娇艳
自信大方常乐观
生命闪光鲜

# 小　花

很小很小
小得那样灵巧
小得那样精妙
没有烦恼
甜美微笑
自在随风摇

# 桃　花

桃花又见春

痴笑艳阳人

潭水新如旧

面容旧似新

千杯好酒汪伦沉

万盏情谊太白吟

## 槐　花

芳菲尽

槐花开

满树挂雪白

儿时情景再感怀

香甜还在

# 昙 花

悄悄来

快快开

静静美

深深爱

流星短暂流无奈

绽放娇颜绽异彩

# 琼　花

扬州的琼花

美玉无瑕

好像白云

美如绸纱

圣洁素雅

天堂仙葩

自从见到她

梦中牵挂

## 海　棠

清明满天星
月光弄清影
海棠悄流泪
思念香浓

# 茶　花

热情洋溢的生命
直白吐露的真诚
朴素纯洁的爱恋
娇娆绚丽的春红
那么光明
荡漾着憧憬

# 大丽花

大丽花
童年的花
最早喜欢它
亲切自然不假

大丽花
草根的花
姿态婀娜华
善良淳朴难雅

大丽花
心中的花
芬芳飘春夏
海角天涯牵挂

## 喇叭花

喇叭花

小喇叭

一节节往上爬

一串串开小花

它能吹童话

还能过家家

儿时美好记忆里

常常有它

大自然的风景中

永远有它的画

# 藏红花

纯洁无瑕
清新高雅
艳丽芬芳
神圣美华
藏红花
青藏高原之仙葩

## 香蕉花

香蕉好吃

花儿艳丽

你有佛缘

红尘有你

你优雅旖旎

你婀娜多姿

众香国里

你最神奇

# 土豆花

土豆圆圆

花儿甜甜

芳香朵朵

爱意团团

小小的毫不起眼

大大的心中温暖

## 鸢尾花

这样的花垂

像老鹰的羽尾

多姿多彩

别样的妩媚

自我陶醉

也浸润谁的心扉

## 仙人球花

牡丹花魁

无人腹诽

仙人球花

能否称最

其实不在谁说美

灿烂一回自不悔

# 奇　花

奇花这模样
实在难想象
达尔文进化说
上帝把头晃
自然太多奇妙
宇宙无限灵光

## 黑色的花

自然黑

高尚品位

端庄素雅美

艳丽百花丛中

不会逊于谁

有人心垂

更妩媚

# 果　实

色泽鲜艳

硕硕丰满

不经风雨暑旱

无数的艰难

哪有好看

甘甜

情愿的奉献

# 菩 提

菩提伟大
奇异圣花
慈悲善缘
禅意佛家
果实累累密
欲望疏疏寡

## 多肉植物

没有叶只有球

没有骨只有肉

雅气淑秀

花开看不够

模样啥都有

腼腆害羞

不风流很温柔

温柔让人难受

## 草　根

本是一草根

还是一草民

怀有一草情

情系一草心

一花一木一草爱

一生一世一草亲

## 小花草

小花
小草
小静悄

小菜
小烧
小杯闹

小推
小敲
小诗稿

小曲
小觉
小情调

## 薰衣草

紫色的心海

紫色的情怀

紫色的浪漫

紫色的期待

落日余晖

薰衣草中等你来

# 丝　瓜

丝瓜长
花儿黄
温柔荡漾
灿烂飘芬芳

丝瓜秧
好悲凉
儿时同窗
当作烟来尝

丝瓜汤
有营养
降压降糖
还能降脂肪

# 蘑　菇

蘑菇太好看

姿色舞蹁跹

素者为美食

剧毒是妖艳

大千世界多奇观

美丽藏危险

## 夏　蝉

儿时唧鸟烦

老迈喜听蝉

知了又知了

新高越旧年

暑伏蝉叫乐悠闲

夜里蛙鸣苦作伴

# 小　鸟

流线的身形
多彩的羽翎
婉转的歌儿
小鸟呀
你最轻盈

和善的眼睛

友爱地相拥

爱情的忠贞

小鸟呀

你最温情


筑巢的工程

方向的识懂

自我的保护

小鸟呀

你最轻盈

# 猩　猩

猴子狒狒和猩猩
人类都是同根生

它们脸上那表情
幽默诙谐又庄重

它们世上最聪明
遗憾人类欺同宗

没有生物多样性
人类只能孤独生

乐趣就在有不同
相互友好才文明

# 草

小小草

微不足道

世界离不了

有自己的骄傲

一旦起燃烧

燎原毁掉

又再造

## 秋 草

秋风狂

秋雨凉

秋已成霜

秋草枯黄黄

秋泪行行

# 蓖 麻

蓖麻

小时候

特别喜欢它

绿绿的

红红的

叶子也好看

姿态更潇洒

最最好玩的是啥

秸秆做高跷

还能骑竹马

女孩边上笑哈哈

## 美　果

看着树上的美果
感慨颇多
日子可以这样过
花开花落
任蹉跎

# 桃　子

桃花最丽姝

桃树可祈福

桃子蜜甜延寿

献给王母

# 绿　叶

没有花靓

没有花香

默默无闻

吸收着营养


你也美丽

你也芬芳

枝干花儿

感恩的赞赏

# 红　叶

枝头凄清

风中飘零

不怕霜冻

无惧冰冷

绽放最后的风景

让秋天的美丽永恒

# 树　枝

茫茫天地里

感触那树枝

严寒与酷暑

霜雪和风雨

坚强不屈

不离不弃

呈现着春之美丽

# 垂　柳

春天

你最早来

秋天

你最晚走

你的嫩芽清香

你的哨子轻柔

你的绿冠茵茵

你的黄鹂啾啾

姿态婀娜

大方温柔

绵绵情长

潇洒风流

你与河水依偎

你和月亮相守

你的身影

常入我的镜头

你的亲切

总在我的胸口

# 银　杏

寒雨刚降临

冷落已纷纷

远古银杏仍苍劲

秋霜染鬓

白果千万群

灰树孤独身

黄叶思恋情深深

紫霞红云

# 椰子树

曲直树干
浓密叶冠
独特的魅力
挺立海滩

拥抱蓝天
雄姿舒展
迎着那风浪
潇洒浪漫

傲然伟岸
伟岸傲然
那么的男人
风度翩翩

# 胡 杨

大漠何荒凉
风沙漫天狂
料峭严寒雪茫茫
最美是胡杨

繁茂共风光
干枯独站桩
夕阳仍要凄晚唱
转世再还阳

胡杨大漠上
傲立入苍茫
风沙无情任摧伤
冰雪再加霜

潇洒孤独赏
风流依旧兀自黄
快乐于生活
欢愉在歌唱

# 青　松

傲视苍穹
骨骼坚硬
特有的性情
真正的英雄
自成风景

# 老 树

沧桑老树

新花常出

春夏秋冬

快乐知足

夕阳红鸥鹭

朝霞白露珠

## 仙　鹤

翩翩起舞

昂首苍穹处

双飞天路

奔向那自由幸福

## 布谷鸟

布谷清晨唱
吉祥洒四方
桑葚黑白时
滚飘麦浪泛金黄

布谷鸣月光
孤独而感伤
啼血杜鹃哭
谁人知晓那悲凉

## 天堂鸟

天堂鸟

美丽鸟

能和孔雀比羽毛


天堂鸟

爱情鸟

可与鸳鸯赛相好


天堂鸟

幸福鸟

欲与天鹅竞美娇

## 小燕子

质朴无华似黛

自由飞舞欢快

知否老窝还在

春又回来

旧时容颜已改

# 鸟　巢

精灵的鸟
奇异的巢
愉快的勤劳
幸福欢叫
生活的美好

## 水牛儿

水牛儿　水牛儿
出门新雨后
前面晃触角
后边足印留

水牛儿　水牛儿
走路慢悠悠
轻轻碰触角
快快缩进头

水牛儿　水牛儿
善良又温柔
只盼雨水净
一生别无求

## 龟　寿

与世无争
静看风景
不图世上功名
幽幽长生

## 七星瓢虫

天生吃害虫

有益作物生

美妞花大姐

喜爱最儿童

自然美丽七颗星

数来数去到天明

## 鸳　鸯

神仙鸳鸯
来自天堂
戏水同欢畅
恩爱互欣赏

成双游荡
比翼翱翔
生命似花香
生活如蜜糖

## 蝴　蝶

生为爱而来
活因美欢快
能够上高山
可以过大海
眼中有美花盛开
心里无爱容颜衰
人为真情化成蝶
蝶因甜蜜传播爱

# 第四篇
# 山水人文

# 风　景

风景平等

风景忠诚

你看那风景

那风景回敬

你爱那风景

那风景感动

你融入那风景

那风景走到你心中

## 山水情

远观日月明

近看山水清

存情鲜花里

寄意深草中

沉迷大海波涛涌

陶醉草原雨雾蒙

# 天

天

好天

艳阳天

蓝蓝的天

心中那片天

永远的温柔天

初相见的那一天

# 月　亮

轻轻推开窗
举头仰天望
一轮明月在摇晃
枝头夜莺唱

嫦娥广袖扬
吴刚身板壮
玉兔耳朵祥瑞长
桂花酒味香

她是那月亮
我是那太阳
夜晚我们下山岗
依偎在身旁

娇美那脸庞
温柔这清光
爱意眼中在流淌
思念心里装

# 月　光

苍莽远山
静水横船
星星眨着眼
月光幽蓝

# 星　光

最亮最美的星光

就是翘望

就是远方

就是心的向往

## 彩　虹

云梦
光影
色彩欢聚
雨雾丹青
带我去吧　彩虹
遨游太空

# 云　天

云飘天上

梦随云翔

云冷雨雪下

梦碎云无藏

云的光芒

梦的希望

# 晨　露

晶莹纯透明
玉洁冰清
轻轻晃动
润心细无声

# 露　珠

夜间的辛苦
拂晓的清出
晶莹的心灵
真情的露珠
一滴滴
爱的凝固

# 水

地球景色美

生物命依偎

纯洁至真善

无欲而有为

曾经沧海难为水

除却巫山云雾没

酒醉的水

水的酒醉

# 水　雾

神秘了山川

朦胧了水面

缥缈了人寰

梦幻了我的心田

# 水 乡

如果能

生活水乡中

享受幽静

享受安宁

享受美景

享受仙境

天天是什么心情

常常做什么美梦

## 小河流水

小河流水
静悄悄
你的清纯
让我陶陶

你带来了
我的快乐
你带走了
我的烦恼

小河流水
静悄悄
我的心事
你可知道

你的柔情
如此甜蜜
愿意陪你
一直到老

## 水和桥

有水才有桥

有桥水更妙

水是桥的娇娆

桥是水的楚俏

有水桥能完好

有桥水就有了美腰

水和桥

相生的风貌

相恋的依靠

人和自然的良交

# 冰　雪

冰雪的地方

圣洁的天堂

三伏天

热面汤

酷暑的清凉

爽

## 茶卡盐湖

一般的湖

没什么特殊

可盐湖

奇观却少瞩

茶卡盐湖

神圣高天处

望着盐湖

有什么感触

白乎乎

湖天连手足

是美

还是咸盐路

感动着

糊里又糊涂

## 寂　色

空寂　虚无　天宇
静寂　夜空　云寄
清寂山水
悄寂细雨

荒寂　苍莽　草地
枯寂　菊花　树篱
冷寂情怀
沉寂心绪

# 望　海

清晨窗前
望见海蓝
还有那白帆

椰树斜站
海鸥飞旋
云朵轻飘远

白日依山
不见海蓝
不见那白帆

# 海 底

在最深最深的地方
藏着最美最美的珍奇


苦苦的　坚强不屈
甜甜的　爱恋自己
静静的　游来游去
幽幽的　快活美丽


在最深最深的地方
藏着最美最美的珍奇

# 波 浪

波浪
喜欢跳动
热爱汹涌
给大风生命

波浪
不甘寂静
不愿平庸
给大风感动

波浪
冲击视听
创造风景
让大风光荣

# 倒　影

有了倒影

就有了对称

就有了朦胧

就有了自恋

就有了幻梦


有了倒影

就有了完整

就有了清醒

就有了反思

就有了自明

## 森林溪流

茂密的森林

清澈的溪流

溪流汇入了江海

江海回到森林的源头

# 窗

窗打开
太阳溜进来
心亮了
浑身好自在

窗打开
风儿溜进来
神清了
心情真愉快

窗打开
芳香流进来
她来了
望眼在等待

# 桥

有了桥
多了道
美了风景
通了心交

# 回　廊

灿灿美春光

长长静回廊

亭中仍独坐

曲水又流觞

往事如烟浅回想

柔情似水深张望

# 月亮门

走着没留神

遇见小圆门

空间巧妙有隔分

延长两头好景深

小路出神韵

平添美兴奋

月亮女神

圈住一对浪漫的心

# 亭　子

热了可乘凉

累了能坐躺

你是浪漫的屋

你是温馨的房

美丽好景象

幸福不慌忙

# 麦 田

梵·高的麦田

热情的灿烂

绿黄的景象

生命的情感

幸福在

爱的浸染

# 花　路

鲜花挂满树

树下花铺路

路伸向何方

方是目所瞩

瞩望阳光风景姝

姝娈心往幽深处

## 秋天的路

秋天的路
没有了轻浮
幽幽静静
通往天堂深处

## 路的美丽

路的美丽

在于两旁的旖旎

路的美丽

在于路人的相遇

路的美丽

在于安适的小憩

路的美丽

在于伴侣的心系

# 沙　漠

荒芜冷漠

狂野险恶

那么苍凉绝望

那么悲苦难过


火热辽阔

神奇传说

多么壮美独特

多么灵魂超脱

## 海 滩

天是海蓝

海是天蓝

白白蓝蓝的天云

蓝蓝白白的云天

黄黄的细沙毯

长长的海岸线

海面上浪花卷卷

椰子树风度翩翩

恋人日光浴的慵懒

孩子们打闹的狂欢

美丽的海滩

快乐着浪漫

# 春 山

春天的山

山花烂漫

美丽的海洋

飘香的草原

看一天

闻一晚

醉梦一万年

# 山 居

小桥茅草屋

流水白云竹

世外桃源幽

观鱼逗松鼠

悠闲自在林中雾

安泰陶然瀑下湖

# 黄　山

黄山
你是山
俊秀神幻
有自己容颜

黄山
你是云
醉得醺醺
藏山不见人

黄山
你是雨
淅淅沥沥
山水更美丽

黄山
你是松
傲立苍穹
潇洒云雾中

黄山
你是画
自然丹青
常在心中挂

黄山
你是歌
潇洒风流
神仙来此乐

## 百花山

云雾百花山
红叶最秋天
神仙来逍遥
咱来陪神仙
闻一闻看一看
快乐幸福一百年

# 江　南

江南
你是画扇
绿水映青山
白墙飞檐

江南
你是纸伞
阴雨绵绵天
小巷蜿蜒

江南
你是篷船
春江花月满
渔舟唱晚

江南
你是小燕
飞舞闹稻田
黄莺作伴

江南
你是女仙
月琴绕指尖
悠扬温婉

江南
你是思念
千里共婵娟
花好月圆

## 扬　州

长江天际流
涵月西湖瘦
个园竹叶摇
廿四桥上走
烟花三月下扬州
到处春风足逗留

西湖醋鱼稠
包子汤无肉
鸡蛋炒饭绝
蟹粉狮子头
大煮干丝刀功秀
汤圆藕面滑溜溜

# 新　疆

有个美丽的地方
它的名字叫新疆

草原牧场
牛羊肥壮
高山湖泊
沙漠金黄

鲜花芬芳
瓜果甜香
帅气小伙
漂亮姑娘

有个美丽的地方
它的名字叫新疆

# 林　芝

不来藏山水

怎见林芝美

高山世外有桃源

胜过江南北

今生来此品味

来世还要返归

# 伊 犁

天堂啥模样

会把伊犁想

千山坡上红

万水岸边黄

秀绿森林莽苍苍

紫花草场野茫茫

## 新西兰

岛国南半边

文明处处见

国家福利化

百姓乐平安

不为发展而发展

自然依然是自然

## 那棵树

那棵树
很孤独
风霜凄楚
雨雪泪珠
没有朋友在一处

那棵树
不孤独
花草同姝
蜂蝶共舞
山水风光一起酷

那棵树
真幸福
阳光雨露
果实奉出
自由欣赏悠然度

## 桃花源

桃花源　云水间
沟坡上　心里面
桃花源里桃花鲜
桃花源中美家园
采菊晚　见南山
尝蜜桃　做神仙

## 葡萄园

葡萄园里葡萄多
葡萄酿酒最好喝
葡萄美酒夜光杯
千杯万盏才快活
来来来
走一个

## 中国宅院

中国老宅院

世界一奇观

花草小廊亭

山水大自然

庭院深深深几许

民俗文化盈盈满

## 拙政园

野趣似天然
自欢为政院
紫蔓幽居亭
绿竹闲卧栏
坐听清风吹绿水
行观流水洗青山

桃花改人面
芍药仍如前
三十多年后
历历荡心田
一生一智一生甜
一世一昏一世酸

# 颐和园

知春早
耕织好
昆明湖畔
桃红柳绿娇
西堤斜阳晖碧草
万寿山高
谐趣黄鹂叫

玉带桥
龙王庙
佛香阁上
铜亭紫气绕
长廊人多后湖少
画舫不开
铜牛无须老